P9-CCE-335

© 2001, l'école des loisirs, Paris
Loi numéro 49 956 du 16 juillet 1949 sur les publications
destinées à la jeunesse : mai 2001
Dépôt légal : décembre 2004
Imprimé en France par Aubin Imprimeur à Poitiers

CLAUDE PONTI

Tromboline et Foulbazar

Le petit frère

l'école des loisirs

11, rue de Sèvres, Paris 6^e

AWTY INTERNATIONAL SCHOOL

Tromboline a un petit frère.

Foulbazar aussi. Et c'est le même. Il s'appelle Tom.

Tromboline aime beaucoup très fort son petit frère.

Elle lui donne tous ses jouets.

Foulbazar aussi aime beaucoup très fort son petit frère.

Il lui donne tous ses jouets.

Tom disparaît sous un océan de jouets.

La Fourmi-à-grosse-voix sort de sa maison.

Elle crie à Tom: « NAGE ! »

Et Tom nage. Tromboline et Foulbazar plongent.

Ils n'avaient jamais pensé à nager dans les jouets.

Leurs parents non plus. Ils plongent aussi.

AWTY INTERNATIONAL SCHOOL